LE DEVOIR

DES RICHES.

I.

Je vois descendre une clarté,
   Elle approche et m'aborde,
C'est la divine Charité,
   C'est la miséricorde
Demandant à vous épouser,
   D'une voix suppliante.
Oseriez-vous la refuser ?
   Non, elle est trop charmante.

II.

Quoiqu'ineffable en sa grandeur,
   Quoiqu'en Dieu soit son trône,
Pour sa bienfaisante douceur,
   Nous la nommons l'aumône.
C'est la tendre compassion
   Envers le misérable,
C'est la douce profusion
   D'une main charitable.

III.

Cette reine semble oublier
    Sa divine naissance;
On la voit se sacrifier
    Au pauvre, en sa souffrance;
Joyeusement mettre en son sein
    Les plus grandes misères,
Et doucement porter sa main
    Aux plus hideux ulcères.

IV.

Homme avare, demi damné,
    Tu ne pourras me croire.
Tu me croiras, prédestiné,
    Il y va de ta gloire ;
Prête l'oreille à mon discours,
    Car ce que je t'explique
Fera le bonheur de tes jours,
    Par toi, mis en pratique.

OBLIGATION DE L'AUMONE.

V.

L'aumône est de nécessité,
    La foi nous en assure ;

Tout prouve cette vérité,
  Et même la nature.
Le prochain ayant, avec nous,
  Le même Dieu pour père
A bien droit à l'appui de tous,
  C'est notre propre frère.

VI.

L'aumône est le commandement
  De Jésus, notre maître ;
Il faut un grand aveuglement
  Pour ne le pas connaître ;
Donnez et l'on vous donnera,
  Voilà son ordonnance,
Ou bien on vous condamnera
  Et sans nulle indulgence.

VII.

Des trésors de l'iniquité
  Et des biens périssables,
Faites-vous, dans l'éternité
  Des trésors véritables,
Que les voleurs n'emporteront,
  Par force, ou par adresse ;
Qui jamais ne se gâteront
  De rouille ou de vieillesse.

VIII.

Tout nous fait l'aumône pour Dieu,
    Chaque être en sa manière ;
L'air, la mer, la terre et le feu,
    Et la nature entière.
Voyez : même les animaux:
    L'un nourrit, l'autre porte ;
Tous nous soulagent dans nos maux,
    Tous nous prêtent main forte.

IX.

Mais que de bienfaits élargis
    Dans l'ordre de la grâce !
Le Père nous donne son Fils,
    Malgré notre disgrâce;
Le Fils se donnant tout à tous
    Est notre pain de vie ;
Le Saint-Esprit descend en nous ;
    O l'aumône infinie !

X.

Quand je vois la Reine des Cieux
    Notre douce espérance,
Nous secourir, en ces bas lieux,
    Par tant de bienfaisanee;
Nous donner tout par charité,
    Se faire notre mère,
Je dis : l'aumône, en vérité,
    Est grande et nécessaire.

XI.

Contemplez les Saints, nos aïeux,
   Quel exemple admirable !
Ils admettaient les malheureux
   Jusque même à leur table.
Ils trouvaient leur plus doux plaisir
   A se priver eux-mêmes,
Pour les soulager et servir,
   Dans leurs besoins extrêmes.

XII.

Pour faire l'aumône au prochain,
   On les voyait tout vendre,
Sans rien garder au lendemain.
   Leur cœur était si tendre,
Qu'ils se sont mis presque tout nus
   Pour son propre avantage;
Et même quelquefois vendus,
   Pour l'ôter d'esclavage.

XIII.

Vous voulez la rémission ?
   Le Seigneur ne l'accorde
Qu'au cœur plein de compassion
   Et de miséricorde.
Votre exemple le rendra doux,
   Ou bien inexorable ;
Car il se réglera sur vous ;
   Soyez donc charitable.

XIV.

Des indigents, il est écrit
    Qu'ils sont la vive image,
Les lieutenants de Jésus-Christ,
    Son plus bel apanage.
Mais on pourrait dire encor mieux :
    Ils sont Jésus-Christ même,
On aide, ou l'on refuse en eux
    Ce Monarque suprême.

XV.

N'ôtez pas au pauvre indigent,
    Dit la sainte Ecriture,
Ni son pain ni son vêtement,
    C'est son droit de nature.
On ne peut pas, en vérité,
    Garder, par avarice,
Ce qu'exige sa pauvreté;
    Ce serait injustice.

XVI.

Il faut donner les superflus
    D'une honnête dépense;
Faire autrement, c'est un abus
    Qui crie à Dieu : vengeance !
C'est l'enseignement des docteurs,
    Et de la raison même;
Si les riches ferment leurs cœurs,
    Dieu leur dit : anathème !

XVII.

Riche, comprends, si tu retiens
    Au delà de l'utile,
Tu ravis au pauvre ses biens,
    C'est dit dans l'Evangile.
Le pauvre a droit de demander
    A tous son nécessaire,
Et le riche doit l'accorder,
    Touché de sa misère.

XVIII.

Que ce défaut de charité
    Est chose abominable !
Est-il plus grande cruauté ?
    Et larcin plus coupable ?
N'est-ce pas un meurtre certain,
    Nous a dit un saint Père,
Que de ne pas donner le pain,
    A qui meurt de misère ?

AVANTAGE QUI REVIENT DE L'AUMONE
A CELUI QUI LA FAIT.

XIX.

Mais démontrons présentement
    Que l'aumône est utile

A qui la fait; c'est sûrement,
Le champ le plus fertile,
Et son fruit loin d'être commun
N'eut jamais son semblable,
Puisqu'il apporte cent pour un
A l'homme charitable.

XX.

L'aumône est un sûr cabinet,
Un coffre-fort fidèle,
Qui garde tout ce qu'on y met .
Pour la vie éternelle.
Oui, là, les plus grandes valeurs
Sont remises sans crainte,
Et de la rouille et des voleurs
Ne craignent plus l'atteinte.

XXI.

C'est la semence qu'on répand,
Et qui se multiplie ;
C'est, des intérêts, le plus grand,
Et Dieu s'en glorifie ;
Une source qui s'écoulant,
Jamais ne diminue,
Un feu, qui, se communiquant
Croît à perte de vue.

XXII.

Faisant l'aumône, on ne perd rien,
 Chacun l'expérimente ;
Plus, par l'aumône, on fait de bien,
 Et plus le bien augmente.
On tombe dans la pauvreté,
 En devenant avare ;
Mais en faisant la charité,
 Quels biens on se prépare !

XXIII.

Chacun bénit, dans le Seigneur,
 Les hommes charitables ;
On les appelle, ô quel honneur!
 Pères des misérables.
On leur désire le bonheur,
 Et pour eux chacun prie ;
Et chacun marque sa douleur,
 Quand ils quittent la vie.

XXIV.

L'aumône obtient le cœur touché,
 Et la douleur de l'âme ;
Elle rachète tout péché,
 Elle en éteint la flamme.
Par elle, tout est pardonné,
 C'est un second baptême ;
Elle marque un prédestiné;
 C'est le sceau de Dieu même.

XXV.

Sans cette huile de charité,
　　Les vierges insensées
Ornent en vain de pureté
　　Leurs sens et leurs pensées.
Il arrive, l'Epoux divin,
　　Mais leur lampe est éteinte;
Il les repousse du festin :
　　Cœurs durs, tremblez de crainte !

XXVI.

Rien ne parle plus puissamment
　　Que le pauvre et l'aumône;
Cette prière, en un moment,
　　Vole à Dieu sur son trône;
Ouvre les mains, ravit le cœur
　　De ce Dieu charitable,
Et le rend, de juge vengeur,
　　Notre ami véritable.

XXVII.

C'est une lance, un bouclier,
　　Une arme si puissante,
Qu'elle épouvante et fait plier
　　Le démon qui nous tente.
Au pied du tribunal divin,
　　Elle vient nous défendre;
Le démon parlerait en vain,
　　Dieu ne veut plus l'entendre.

XXVIII.

Qui pourrait dire l'heureux sort
　　De l'homme charitable,
Lorsque vient l'heure de la mort,
　　A tous si redoutable?
L'aumône en ce dernier combat,
　　Lui gagne la victoire;
Le pauvre, éloquent avocat,
　　Lui procure la gloire.

XXIX.

L'aumône est un dépôt sacré,
　　Dieu s'engage à le rendre ;
Il le rendra, c'est assuré,
　　Il ne peut s'en défendre.
L'aumône est un contrat de prêt,
　　D'une divine usure,
Le centuple en est l'intérêt;
　　Jésus-Christ nous l'assure.

XXX.

Quel commerce plus lucratif
　　Que celui de l'aumône,
Quand, pour le bien le plus chétif
　　Il nous procure un trône!
Mais si ce trône est éternel,
　　Qui ne voudrait la faire?
Qui ne voudrait régner au ciel,
　　En quittant cette terre?

XXXI.

Au jour de ce grand jugement
　　Si terrible aux coupables,
Quel sera le contentement
　　Des âmes charitables!
Dieu, les montrant à tous les yeux,
　　Publiera leurs louanges;
Leur assignera dans les cieux
　　Place au milieu des anges?

XXXII.

Venez, leur dira le Seigneur,
　　Les bénis de mon Père,
Venez jouir de mon bonheur,
　　Briller de ma lumière.
Vous me soulagiez autrefois,
　　Par vos saintes aumônes;
Moi maintenant je vous fais rois,
　　Tenez : voici vos trônes.

MALHEUR DE L'AVARE.

XXXIII.

Celui qui refuse au prochain
　　L'aumône et l'assistance

Peut-être lui-même demain
   Sera dans l'indigence.
Il perd ce qu'il a refusé
   Au pauvre en sa misère.
Un jour, il peut être écrasé
   Des coups de sa colère.

XXXIV.

L'avare n'a ni charité,
   Ni foi ni confiance;
Et tout chargé d'iniquité,
   Il est sans pénitence.
Un jour à la mort il criera,
   Dieu n'aura point d'oreille;
A son tour il s'en moquera,
   Lui rendant la pareille.

XXXV.

Va, lui dira ce Dieu vengeur,
   Avare impitoyable,
Va gémir sous la pesanteur
   De mon bras redoutable :
Tu m'as laissé dans l'abandon,
   Méprisant ma souffrance,
En vain tu demandes pardon,
   Pour toi, plus de clémence.

COMMENT ON DOIT FAIRE L'AUMONE.

XXXVI.

Ne voyez que Dieu, simplement
    Dans tous les misérables;
Donnez-leur, pour lui seulement,
    Vos secours charitables.
Qu'ils soient bons, ou qu'ils soient méchants,
    C'est à Jésus qu'on donne;
C'est lui qu'il faut voir au dedans
    De leur propre personne.

XXXVII.

Faites toujours la charité
    D'une façon discrète,
Evitez de la vanité
    L'orgueilleuse trompette.
Autrement l'aumône est sans fruit;
    Aumône d'hypocrite,
Qui s'annonce par un grand bruit,
    Et reste sans mérite.

XXXVIII.

Réglez votre aumône avec soin
    Selon votre fortune,

Selon que le pauvre a besoin,
  Sans qu'il vous importune.
Mais donnez-lui joyeusement,
  Dieu veut qu'ainsi l'on donne.
Donner par force seulement,
  C'est perdre son aumône.

XXXIX.

Donnez au pauvre promptement,
  Ne faites pas attendre ;
Montrer du mécontentement,
  N'est pas donner, c'est vendre.
Traitez toujours avec honneur
  Le pauvre qui vous prie ;
Cette aumône a plus de valeur,
  Elle nous édifie.

XL.

C'est peu de soulager les corps,
  Il faut penser aux âmes ;
L'aumône, faite pour les morts,
  Les retire des flammes ;
En priant, en offrant pour eux,
  L'auguste sacrifice,
Nous pouvons leur ouvrir les cieux
  Quel éminent service !

XLI.

Enseignez le pauvre ignorant,
Montrez-lui la lumière.
Corrigez l'homme défaillant,
Sans trouble et sans colère,
Donnez-lui conseil en ami ;
Pardonnez toute injure ;
Priez Dieu pour votre ennemi ;
Nulle aumône plus pure.

XLII.

Consolez le pauvre affligé
Que la tristesse accable ;
Celui dont le cœur est rongé
Du scrupule effroyable.
Priez Dieu pour tous les méchants,
Afin qu'il leur pardonne ;
Pour les morts et pour les vivants,
Sans excepter personne.

Typ. L. CARION, à Cambrai.

www.ingramcontent.com/pod-product-compliance
Lightning Source LLC
Chambersburg PA
CBHW061429170626
40811CD0000fD/2102

* 9 7 8 2 0 1 4 5 1 9 8 9 1 *